잊지 않으려고 쓴 글

김명호 시집

시음사
시사랑음악사랑

시인의 말

누군가를 사랑한다는 것은
그 사람을 위해
꽃이 되어 주는 것이 아닐까요
희망의 향기로 다시 시작할 수 있도록

누군가를 사랑한다는 것은
한 사람을 위한
나무가 되어 주는 것은 아닐까요
모진 바람에도 묵묵히 지켜주는
그늘이 되어 줄 수 있도록

누군가를 사랑한다는 것은
미소가 되어 주는 것은 아닐까요
힘든 일상의 슬픔을 잊게 하고
함께 웃을 수 있도록

누군가를 사랑한다는 것은
기둥이 되어 주는 것은 아닐까요
한 번뿐인 인생길 어깨를 내어주고
지지대가 되어 주네요

누군가를 사랑한다는 것은
그 사람의 기쁨을
나의 행복으로 받아들이는 것이겠죠

시인 김명호

QR코드 스마트폰으로 QR 코드를 스캔하면
시낭송을 감상할 수 있습니다

본문
시낭송
감상하기

제목 : 이젠 알아요
시낭송 : 박영애

제목 : 아픈 사랑
시낭송 : 박영애

제목 : 어쩌면
시낭송 : 박영애

제목 : 향기
시낭송 : 박영애

제목 : 그곳
시낭송 : 박영애

영상은 YouTube 정책 또는 운영 관리에 따라 삭제될 수도 있습니다.

시인은 자연을 이야기하고 시낭송가는 자연을 품었다
글자는 날개를 달아 언어로 날고 소리는 자연에 눕는다

* 목차 *

* 목차 *

✳ 목차 ✳

* 목차 *

이젠 알아요

아무도 모르게
숨겨온 사랑은
아프지 않을 줄 알았습니다

아무리 보고 싶어도
참고 견디는 일이
당신을 위하는 일인 줄 알았습니다

아무 말 하지 않아도
깊이 아껴둔 마음이
당신에게 전해질 줄 알았습니다

모른 척 지나가고
아닌 척 외면해도
당신은 알고 있을 거라 생각했습니다

곁에 있을 수 없다 해도
마음에 두고 간직할 수 있음이
가장 소중한 선물인 줄 알았습니다

한 번 마음에 들어오면
떠날 수도 피할 수 없다는 걸
이제야 알게 되었습니다

제목 : 이젠 알아요
시낭송 : 박영애
스마트폰으로 QR 코드를 스캔하면
시낭송을 감상할 수 있습니다

8

아픈 사랑

당신은 평생
날 그리워하게 할 사람
그땐 왜 몰랐을까

당신은 평생
날 외로워하게 할 사람
그땐 왜 몰랐을까

당신은 평생
날 서성거리게 할 사람
그땐 왜 몰랐을까

당신은 평생
날 웃게도 울게도 만들 수 있는 그런 사람
그땐 왜 몰랐을까

당신은 평생
날 아리게 할 사람
난 처음부터 알고 있었을지 몰라

아마 이런 것도 사랑일지도
아픈 내 사랑일지도

제목 : 아픈 사랑
시낭송 : 박영애
스마트폰으로 QR 코드를 스캔하면
시낭송을 감상할 수 있습니다

9

어쩌면

이번 생에는 만나지 못하고
스쳐 지나갈 인연이었는지도 모르겠습니다

애탄 기다림이 유일한 길이라 여겼기에
만남은 영혼의 약속인 줄 알았습니다

말없이 귀 기울여 주고
차가운 손 보듬어 주던 것이
너무나도 소중한 일이었음을
알게 해 준 당신에게 고맙습니다

나를 나로서 인정해 주고
나답게 살 수 있게 해 준
짧은 시간 깊게 새겨진 기억을
어찌 잊을 수 있겠습니까

겨울이 흰 눈을 그리워하고
꽃이 봄을 다시 찾듯
마지막 인연의 흔적이
퇴색되거나 변형되지 않길 바라봅니다

제목 : 어쩌면
시낭송 : 박영애
스마트폰으로 QR 코드를 스캔하
시낭송을 감상할 수 있습니다

그 사람

외로움 느낄 때
제일 먼저 생각나는 사람

주저리주저리 투정에도
네 맘 다 알고 있다는 듯
눈빛에 사랑 담아 보내는 사람

한 잔 술에 시름을 풀어 헤쳐도
아픔까지 보듬어 주는 사람

쓰러질 듯 힘들어 지칠 때
두 팔에 위로를 품어
포근히 안아 주는 사람

무작정 떠날까 하는 말에
밝은 미소로 다가서는 사람

마음에 드는 노래가 있어
이어폰을 내밀면
나와 같은 느낌이라며
마음을 열어 주는 사람

세상에 나를 있게 하고
느낄 수 있게 해 주는 사람

나는 너에게 영원한
사랑이었으면 좋겠습니다

향기

흩어져 스쳐 가는
바람이 아니라
곁에 머물러 스며드는
그런 향기이고 싶다

같지만 질리지 않고
다르지만 싫지 않은
눈 감아도 느낄 수 있는
몸에 밴 향기이고 싶다

잃어버린 이의
가슴에 남아 있는 여백처럼
아프고 시리지만
영원히 잊히지 않는
반쪽의 향기이고 싶다

있는 그대로 물들여지고
지워지지 않는 그리움을 닮은
당신의 향기이고 싶다

제목 : 향기
시낭송 : 박영애
스마트폰으로 QR 코드를 스캔하
시낭송을 감상할 수 있습니다

그곳

나지막이 흔들리는
바람에 물어 너를 찾는다

모퉁이 돌아 작은 언덕 넘어
햇살 잠시 쉬는 곳에
너의 향기가 머물렀음을 안다

이름 모를 들풀들이 나부끼다
아린 가슴 어루만져 숨겨 두고
포근한 웃음 내어 주는 그곳

아련해진 꿈들을 보듬고
지치지도 않는 슬픔은 멈추라며
아플 만큼 아픈 가슴 쉬게 하라던 그곳

잊히지 않는 그리움은 두고
변하지 않는 저 별처럼
항상 그곳에 서 있겠다는 너

노을에 그을려
아스라이 피어난 모닥불을 밝히고
너 있는 그곳에 비춰 본다

제목 : 그곳
시낭송 : 박영애
스마트폰으로 QR 코드를 스캔하면
시낭송을 감상할 수 있습니다

13

이대로여도 좋다

이리 흔들 저리 비틀
정해진 곳 없어 돌고 돌아
멈춰 선 곳 모른다 해도 괜찮다

젊어 활짝 핀 꽃일지언정
늙어 주름지지 않는 청춘은 없다
애써 피할 수도 혼자 살 수도 없는 세상
살아 있다는 것만으로 웃음 지어 보는 것은 어떨까

지금 내가 서 있는 이곳은
이미 누가 왔었던 곳이거나
뒤에 다른 이가 머물러 갈 곳이기도 하다
사는 모습이 다르다고 해도 눈과 귀를 기울이면
서로의 마음이 그리 다르지 않음을 알 수 있을 것이다

원래부터 정해진 것은 없듯이
기쁨에 넘쳐 미소 짓거나
후회의 탄식으로 슬프다 해도
다름을 인정할 수 있다면
세월을 떠받친 무게는 훨씬 가벼울 것이다

삶이란 죽을 때까지 살아야 하는 것일 테니까

기억

누구에게
손톱만 한 미소조차 줄 수 없는
그저 사는 삶
아무에게도
추억되지 않았으면 좋겠습니다

누굴 위해
제 몸 태울 일 없겠지만
그저 사는 삶
산다는 것마저
잃어버리고 살았으면 좋겠습니다

스치는 인연으로 다가와
나를 허락해 준
유일한 너 일지라도
기억나지 기억으로
남았으면 좋겠습니다

잠적

침묵은 잠적의 신호이며
단절은 잠적의 시작이다

침묵과 단절은 일상에 대한 부인이며
외로움으로부터 상처받지 않기 위한
또 다른 변명이다

잠적은
자신을 잊어버리기 위한 몸짓이며
잃어버린 자신을 찾기 위한 몸부림이다

잠적은 남아 있는 사람에게
불안한 추측과 실망과 배신에서
자유로울 수 없으며
단순히 혼자만의 공간에서
혼자일 수밖에 없다는 부자유를
감내해야 한다

철저히 혼자일 수는 없지만
완벽하게 혼자여야 한다
설명과 이해는 필요하지 않으며
끈끈한 관계에 대한 무례를 용서받아야 한다

나로부터 나를 없앤 나를 사랑하고
칭찬해 주고 의미를 북돋아 줘야 한다

다시 돌아오지 않을 것을 전제로 한 잠적은 없다.
완벽한 잠적이란 혼자만으로는
살 수 없다는 것을 찾아내는 것이다

어떤 의미

이제 됐다고 했다
나와 상관없는 것들은
아무 의미도 없다고 했다
뭣이 중요하냐고 했다
내게 필요한 것이 아니라면
아무것도 아니라고 했다
내가 없으면
세상도 없다고 했다
있다 한들
무슨 소용이냐고 했다

모두 혼자라고 했다
같지 않은 것은 다른 것이며
다른 것은 내 것이 될 수 없고
그렇다면 상관없는 것이라고 했다
세상에 상관없는 것은
아무것도 없겠지만
어떤 의미도 없이
홀로 상실로 버려지고
잊혀진다 해도 괜찮다 했다

확신

텅 빈 머리 흔들리는 동공
멈춰 서지 않는 잡념
혼돈으로 얽혀 미로 속으로 빠져들며
누구의 대답도 정답이 될 수 없는 선택

알 수 없는 해답
인정할 수밖에 없는 갈등
가련한 무지의 욕망은
이 또한 지나가리란 걸 알기에
덤덤히 받아들인다

끝없는 집착으로도
쉽게 도달할 수 없는 결론
회피하거나 묵과할 수 없는 명제
종착역에 닿기까지는
누구도 내릴 수 없다는 확신이 차갑다

모래시계의 꿈

괜찮다고 했었는데
그저 지나갈 거라 믿었는데
누구나 한 번쯤 앓는 몸살인 줄로 알았는데

이 끝없는 생의 마지막은 어디일까
다들 아무렇지 않게 잊고 살아갈 텐데
이토록 나에게만 가혹한 이유는 뭘까

한번 살아봤다면 좀 더 쉬웠을까
얼마큼 더 견뎌야 초연할 수 있단 말인가
덜고 비우려 걷고 또 걸어도 제자리다

아니라고 외면하면 벗어날 수 있을까
모른다고 지나치면 웃을 수 있을까
결벽이란 중병에 걸려 헤매는 건 아닐까

누구에게나 한 번뿐인 삶
모래시계에 담아 꿈꾼다면
후회로 맴도는 미련들을 버릴 수 있을까

오늘도 다시 모래시계를 뒤집는다

부탁

떠나는 슬픔이
남겨진 아픔과 서로 달라
다시 만날 이유가
우연뿐이라 해도
잊지 말았으면 좋겠습니다

메마른 가슴에 남은
차가운 온기일지라도
말없이 바라보던
향기 없는 꽃일지라도
가슴에 머물렀던 것을
어떻게 잊을 수 있겠습니까

누구를 허락하는 일이
가슴이 시켜서 하는 것이라
피할 수 없겠지만
살아서는 안 되고
죽어서 되는 일이라 해도
같이라면 좋겠습니다

빈 잔

가슴 태우다 만 술잔
채워지지 않는 목마름으로 지쳐가고
말라비틀어져 버릴 것도 없는 욕심
거부할 수 없는 눈빛으로 거릴 헤맨다

남의 배를 빌어 내 배를 채울 수 없는 서러움이
흔들리다 무너져 울어 대고
태어났기에 살아갈 수밖에 없는 삶은
꿈이라는 희망에 지쳐 하늘을 가려본다

가질 수 없다는 것을 인정하고
빈곤의 대물림을 숙명이라 여기고
내 죄 아닌 억눌림에 억울해도
아직 닿지 않은 내일을 갈구해야 한다

빛이 사라지고 어둠이 오면
눈물로 채워진 잔을 비워내고
한 발짝을 내딛기 위해 다섯 걸음 물러선다

회상

고이 숨겨 간직한 추억을
흐르는 강물에 씻어 다시 보는
수채화 같은 사연을 전한다.

불러도 들리지 않고
돌아봐도 대답 없는 인연은
눈 감으면 다가서는 그리움이 된다

감추어도 지울 수 없고
멈추어 세울 수 없는 기억은
오래된 시계처럼 그 자리에 서 있다

허기진 가슴 안고 달려와
말없이 보듬고 터진 울음보는
먼 길 되돌아와 외로움에 눈물 흘린다

스쳐 지나가 알 수 없을지 모르지만
살아왔던 흔적을 찾아서
그때 그곳에서 꼭 만나고 싶다

사는 의미

어디 길에서
주워 온 인생도 아닐진대

무얼 두려워해
할 말 못 할 만큼
가볍게 살아온 것도 아닐진대
떠도는 나그네처럼
저만큼 던져져 걸어갑니다

바람길 따라
노을 저 끝에
홀로 서 있는 걸
미워하지도 싫어하지도
않아서일까요

그저 시간 되어
해 뜨고 지듯이
꽃 피고 낙엽 지는 일이
내 살아온 것과 같아
어떤 의미를 부여해야 할지
찾지 못해
후회 없이 그냥 산답니다

백담

잃어버린 고통보다
잊을 수 없는 그리움에
참고 참다
다시 찾아가는 길

어떻게 지냈느냐는 안부에
가을 향 골짜기에 묻어둔
지난 미소를 꺼내 들고
스치는 바람에 뿌려 본다

물길 알 수 없는 계곡 소담
가지에 떨어진 연붉은 잎
흐르는 물결에 새긴 추억
싫다 좋다 말도 없이 지나간다

언제 만날 기약해 두고 가면
다시 만날 수 있을까
처음 보았을 때 느꼈던 설렘처럼
아무 말 없이 떠난 단풍잎처럼
다시 온다는 말 없어도
그렇게 만날 수 있으면 좋으련만

인정

떨어져 굴러
기억조차 할 수 없는 이름처럼

흔들리고 부서져도
흔적조차 남지 않는 바람처럼

먹먹하게 울컥하는
한숨의 무게로 서 있는 타인의 미소처럼

독백되어 나부끼는 너의 뒷모습을
늦가을 석양 끝에 태워 보낸다

알고 있었기에 잡을 수 없었고
다시 온다기에 막을 수도 없었다

다시 산다면

다시 산다면
기억될 것은
더 아름답게
잊어야 할 것은
더 슬프게 남겨 두리라

엇갈렸던 인연이
어디 하나뿐이며
맘 둘 곳 없어
헤맨 적이
어디 이번뿐이랴

나 홀로 행복했던
기억이라면
누구에겐 아픈
추억이 될 수도 있으리라

그저 아팠던 것은
더 아프도록 두고

너와 했던 사랑
그대로 기억하리라

시간의 끝

그저 흘러가는
시간은 없다
뒤돌아본 무게만큼
켜켜이 쌓인 흔적만이
상처 되어 남았을 뿐이다

담지 못한 것은 잊어야 하고
잊혀진 것들은 버려져야 한다
내가 될 수 없는 것들은
내게 소용없음을 알아야 한다

시간이 멈출 수 없음은
다시 돌아갈 곳이 없기 때문이며
시간의 끝에는 결코 아무도
남아 있지 않기 때문일 것이다

저녁 비(夕雨)

해 저문 그날
창을 덮은 저녁 비(夕雨)가
기억조차 없는 상처를
감싸 안고 내게 왔다

짙게 내린 어둠에 묻혀
보이지 않는 눈물처럼
서글펐던 빗소리는
내 숨소리를 적시며 속삭였다

텅 빈 거리 사라져 버린 빛
적막감에 숨어버린 영혼들에게서
날 지켜주겠다는 맹세

숨 쉴 수 없는 가슴앓이질 때
짓눌려서 땅으로 숨어 들어갈 때
외로움이 차올라 목이 멜 때
저녁 비(夕雨) 되어 내리겠다는 약속

그 후로 너와 난
처음 했던 언약에 습관처럼 길들여져
기다리는 일을 떨어질 수 없는
인연으로 알게 되었지

상념

기쁨은 얼굴에서 미소로 번지고
슬픔은 가슴에 아픔으로 묻힌다

초점 없는 시선은 텅 빈 머릿속을 헤매고
꾹 다문 입술에선 침묵만이 흐른다

커다란 외침은 작은 메아리처럼 들려오고
멀리 있던 풍경들은 어느새 지나간다

지나왔던 흔적은 의미 없는 점이 되어 잊히고
삶의 무게는 천근만근으로 짓누른다

다시 돌아갈 수 없는데도 미련처럼 잡혀 있고
앞은 보이지 않은데 암울함만 덮쳐 온다

아무것도 없으면 아무 일도 없을 것이고
이미 일어난 사실들은 변하지도 않을 텐데

마치 꿈인 양 이리저리 흔들리다
아침이 오면 또 습관처럼 일어난다

여정

연습 없이 사는 인생
힘을 빼고 살아야 할 텐데
힘들어 지쳐 쓰러지면서도
마지막까지 손을 뻗어 애써 본다

포기 안 되는 인생 여정
여유라도 있음 좋을 텐데
눈을 감고 귀를 닫고
침묵하는 방법을 알지 못해
내미는 손 뿌리친다

바라보고 웃기만 해도 괜찮은 인생
내 것도 아니고 오래 볼 것도 아닌데
쓰다, 달다, 좋다, 싫다
지나가면 금세 잊어버릴 텐데

잘나도 혼자 살 수 없는 인생
가슴 내어줄 사람 하나 없는데
아껴 두었던 눈물방울 언제 쓰려 하나
외로움보다 더 슬픈 건 없을 텐데

고달파도 때론 즐거운 인생
종착역에서 기다려줄 이 없어
하나씩 비워 두고 가볍게 걸어 본다

미안해

모두 떠났는데
내게 다 내어 준
너의 가슴에 기대어 있다

넌 아닌 듯 그저 말없이
날 보고 웃어 주었고
넌 너보다 나를 걱정해 주어
물었지 "괜찮아"라고
넌 내가 뒤돌아 보고 있을 때도
날 떠난 적이 없었지
넌 불러도 돌아보지 않는 내게
따뜻한 손 내주었지
넌 너의 아픔을 말하기보다
내 슬픔을 먼저 들어 주었지
넌 항상 곁에서
내 편이 돼 주었어

난 시간이 지난 후에야 알게 되었어
많이 아팠을 너의 가슴이
이렇게 따뜻할 줄은
그래서 더 미안해

눈물비

뚜두둑
음 투둑투둑
가슴에 떨어지고 나면
그만이런가

귓가에 스치다가
속눈썹에 떨어져
뭉친 가슴 짓눌러 놓고
한숨 되어 울고 있다

누가 그깟 눈물비
떨어져 봤자라 했나
흘러가면 그만인 줄 알았는데
슬픔처럼 아파진다

저 가버리면 그뿐일런지
기다려도 오지 않을 수 있을 텐데
멈추지 않는 걸 어찌하나

망각

사랑한단 말
시간 지나면
흔적 없이 사라지겠지
잊지 않기 위한 몸부림도
잃어버린 기억으로
남아 있겠지

그리움 끝에 머문 잔상이
죄가 된다면
망각은 당연한 일이 되겠지
가슴 베인 상처가
아물어 잊히면
아무 일도 없었던 것처럼
다시 살 수 있을까

비가 내리면

흐린 날이 좋은 까닭은
혹시 비가 내릴 수 있다는
바람 때문이며

비가 내려도
우산을 쓰지 않는 까닭은
혹시 너를 만날 수 있다는
예감 때문이며

비가 오면
눈을 감은 이유는
너와 함께 비를 맞는
꿈을 꿀 수 있기 때문이며

비가 내리면
네가 보고 싶어지는 이유는
네가 날 보고 싶어 하는 이유와
같다는 걸 알기 때문이다

시작 노트

시작과 끝을 몰라
멈추지 못하는 심장은
갈 길 몰라 헤매는
외로움처럼 두근댄다

가슴에 기대어 놓은 눈물이
다 쏟아낼 때까지
끝난 것은 아무것도 없이
온통 그리움뿐이다

이유를 알아야 사는 것이 아니고
살아감 자체가 목적이 되는 하루는
텅 빈 가슴을 잡고 버틴다

가까이 있어도
나를 찾는 일이 쉽지 않기에
그 흔적을 따라 작은 시를 마주한다

매미 우는 사연

가질 수 없는 사랑도 아닐 텐데
7년이란 시간 땅속에 묻어온 사랑

숨길 수만은 없는 사랑이기에
이글대는 태양보다
더 처절하게 울부짖는 몸짓

혹시 다시 못 볼 사랑일까 봐
마지막일 것 같은 뜨거운 열정을
온몸으로 토해내는 아우성

8월이 다 타기 전에
사랑이 이루어지기를 바라기에
울음소리 더욱 애절하다

보고 싶어요

시린 손끝
녹여 주던 그 손길

아픈 가슴
달래 주던 눈길

괜찮다고
다독여 주던 한마디 말

따뜻한
차 한 잔에 담긴
곱던 그 마음

항상 내게로
향해 있던
당신이
보고 싶습니다

설렘

보고 싶으면
보고 싶다고 해야 한다.
보고 싶단 말 못 하면
가슴이 파랗게 멍으로 물들여지기 때문이다

그리우면
그립다고 해야 한다
밤새 애써 찾아 헤매던 그리움은
아침이면 태양빛에 숨어 버리지만
또다시 밤이 되면 어느새 다가와
어제보다 더한 그리움을 남기고 가기 때문이다

사랑한다면
사랑한다고 해야 한다
당신이 내게 사랑한다고 말하면
내 가슴은 터질 듯이 설레기 때문이다

줄 수 있다면
아낌없이 줘야 한다
아무리 주려 해도
사랑을 받아줄 당신이 없다면
아무 소용이 없는 일이기 때문이다.

언제나

보이지 않아도 느낄 수 있고
눈 감으면 더욱 선명해지는
내 안에 있는 사람

많은 시간 흘렀어도
잊을 수 없는 시린 가슴에
사랑받는다는 것을
알게 해 준 사람

생각만으로 가슴을 뛰게 하고
아프고 힘들다고 하면
내 옆에서 나를 지켜주며
내가 살아 있는 존재라는 것을
깨닫게 해 주는 사람

비가 오면 우산이 되어 주고
눈이 오면 따뜻하게
나를 감싸주고
보고 싶다고 말하면
사랑한다고 대답해 주는 사람

버리고 싶어도 버릴 수 없는 것이
그리움이라는 것을 알게 해 준
당신은 언제나
나와 함께 있는 사람입니다

기다림

숨소리도 적막한 순간
두근대며 울리지도 않는 동맥
울다 지쳐 쓰러진 눈물
하염없이 들려오는 목소리
둘 곳 없이 방황하는 시선
의미 없이 헤매는 발길
후회로 남을까 봐 흔들리는 결심
돌아설 수도, 나아갈 수도 없는 외로움
기억하고 싶지 않은 기억
채워지지 않는 욕심으로 가득한 입술
거부할 수 없는 외로운 몸부림

미안하다며
몇 번의 꽃이 피었다 지면
날 찾겠다는 그 말 한마디에
오늘도

밤바다

누군가
서 있다 갔을
밤바다

내던져진
슬픔처럼
울던 파도

멈출 수 없던
그 밤

지금
거기 내가 있다

노을

잊힐까
걱정 말아요
처음 그 기억 아니어도
지금 곁에 있잖아요

외롭다
슬퍼 말아요
나 아닌 누구라도
모두 혼자니까요

힘들다고
괴로워 말아요
내 맘대로 되지 않았던 게
더 많았잖나요

흐르는 시간
지나간다고
아쉬워 말아요
노을이 아름답다고
붙잡을 수 없으니까요

산다는 건

산다는 건
외로움을 감추기 위해
미소를 띨 수도 있는 것이며
가난한 마음을 들키지 않기 위해
겉을 화려하게 꾸밀 수도 있는 것이다

좋아하는 것 갖기 위해 애를 써도
가지지 못할 수도 있는 것이며
싫어하는 것을 반드시 싫다고
말하지 못할 수도 있는 것이다

아름다운 것을 아름답다고
말할 수 있는 여유도 필요하며
즐거운 음악을 들으면
흥겹게 춤을 출 수 있어야 하며
성공이란 단어를 쫓아
고통과 함께할 수도 있어야 한다

사랑이 찾아왔을 때 소중하게
간직할 수 있어야 하며
기대한 만큼 좋지 않거나
행복하지 않을 수 있다는 걸 알아야 한다

그 끝을 알지 못하지만
마지막에 웃기 위해 참을 수도 있다
산다는 건 가슴 한편에
주먹보다 큰 멍 하나씩 품고
살고 있는 것이다

행복

내일이
희망이라는 말은
오지 않은 시간에
모든 걸 걸어 보는
도박과도 같다

과거가
아름답다는 말은
누구도 속지 않을
사기와도 같다

오늘이
슬퍼 찾아오지 않을 기쁨에
나를 맡기는 것은
비웃는 불안에 분노하는 것과 같다

독(獨)

멍한 가을 들판 번져오는 바람 따라
적막감이 더해진다
가슴 한편을 쥐어짜도
어쩔 수 없다는 걸 알기에
볼에 묻은 눈물만 애처롭다

감춰둔 채 얼어붙은 시린 마음을 열어
왔다가는 바람에 대고 외쳐 보지만
그저 지나면 그뿐
추를 달아 놓은 것도 아닌데 그냥 그 자리다

옅은 냇가 검은 짱돌 들어
물수제비뜨듯 힘껏 던져 보면
가라앉지 않기 위한 콩콩거림에 웃음 짓다가
끝내 균형을 잃고 숨죽임이
꼭 내 마음 같아 일어난다

더 해지고 쌓여져서 아파지고 시려오는
가슴 끝에 멍 자국엔 무슨 사연 있었는지
달래보고 얼러봐도 지워지지도 않고 시퍼렇다

떠난 것은 잊히고 남은 것은 담길 텐데
홀로 된 것이 짐이 되고 생각이 독이 된다
아무것도 없으면
아무 일도 없을 줄 알았는데

바람길

살다 보면
한 번은 무작정
길을 떠나 보고 싶습니다

돌아올 기약 없이
얼마나 멀리 갈 수 있는지
가 보고 싶습니다

무엇을 할 수 있는지
알지 못하지만
일단 떠나 보고 싶습니다.
선택의 문제에 있지 않고
느낌만으로도 살 수 있는지 그냥

어딘지 괜찮습니다
열려있는 길을 따라
무턱대고 떠나 보고 싶습니다
그 어디도 다른 어느 곳과
다르지 않을 테니까 말이죠

아무도 알 수 없는 곳으로
가 보고 싶습니다
아무도 모른다는 것은
그 누구에게도
무엇을 하지 않아도 된다는
의미가 될 테니까요

텅 빈 길
불어오는 가을바람을 따라
아무것도 정한 것 없이
그냥 길을 떠나 보고 싶습니다

여림

보고 싶다는 말보다

슬픈 단어는 없다

매일 썼다 지워도

채워지지 않는 바람은

한 발짝도 움직이지 못하고

아직 제자리에 서 있다

그리움이란 말보다

아픈 단어는 없다

눈을 감고 그려봐도

다가갈 수 없는

애달픔이란

매번 가슴을 패이며

점점 아픔만

더해지기 때문이다

상처

점점 길어지는 기다림
돌아오지 않는 대답
멈춰진 시선
굳어지는 미소
그렇게 아파왔다

늘어나는 멍때림
머리채를 흔들며
의미 없는 혼잣말
벗어날 수 없는 그리움
찢어질 듯한 가슴의 통증

끝은 있는 걸까
꽃잎 다 떨어지고
낙엽 부서지고
흰 눈이 세상을 덮으면
상처는 아물어질까

삶

인생을 오래 살았어도
매일이 낯설고 서툰 것은
나이 든 인생을 처음 살아 보기 때문이다

매번 내가 겪어 본 일들만 반복된다면
그건 재미없을 테니까 말이다

힘들다고 해도 행복하다고 해도
그건 자기 인생에서 자기만이
가질 수 있는 느낌이다.

모든 사람은 남의 인생을 자기 인생과
비교하기 위해서 알고 싶은 것이지
남의 인생에는 그리 관심이 있을 수 없다.

결국 인생은 혼자인 것이다
나 스스로가 선택하고
결과에 승복하는 것이다.
아니 합리화하는 충분한
권리를 가지고 있다.

그런 단순한 권리가
나만이 느끼는 것이 아닌
타인도 나의 인생에
의미를 부여해 주는 결과이길
조금 바랄 뿐이다.

하지만 그 누구도 자신의 인생보다
더 소중한 인생을
느껴보지 못하고 살 것이다.

커피 한 잔

무표정한 얼굴
제각기 빠르게 달려가는
텅 빈 도시에
홀로 남은 영혼

소리쳐 불러봐도
목청껏 울어봐도
막막한 공허처럼
돌아오지 않는 메아리

부르지 않아도
내리는 저 비를
다 받아내는
처량 맞은 우산에게
진한 커피 향이 필요합니다

한숨 깊이만큼
따뜻한 커피 한 잔이
그리운 날입니다

멍

한때 내 것이었던 시간이
사라진 기억으로 남아
혼자 한 사랑처럼 아무 말 없이 서 있다

항상 내 편일 것 같았던
인연의 끈도 말 못 하는 사연이 되어
엇갈린 미련으로 남아 버린 지 오래다

살아 있는 것이 곧 삶일진대
아픔으로 쌓인 상처를 묵묵히 삼켜내도
원래 그리 생긴 운명처럼 참아낸다

기억 속에 남은 그 무엇도
내 것 아닌 것이 없는데
오늘 하루도 낯선 향기를 풍기며
멍 자국처럼 흘러간다

숨바꼭질

누가 내 사는 것
궁금해
물어볼 이 없겠지만
머리카락조차
절대 찾을 수 없도록
숨겨야 한다

무엇을 찾으려
그리 헤매어 왔던
삶일지 모르지만
찾지 못한다 할지라도
숨바꼭질 놀이가
다 끝날 때까지
살아 있어야 한다

잃어버린 시간

무엇을 탓하며
여기 서 있나
지나간 시간이
아쉽다

누굴 부러워하며
자신을 외면할까
오지 않은 시간이
더 두렵다

시간이 지나면
잃어버린 나를
찾을 수 있을까

내 꿈은
여기 없는데

쉼

시간의 무게가
가볍게 다가온다
무시하고 지나가도
쫓기지 않으리란 믿음이 자유롭다
새들의 지저귐
짝을 못 찾은 매미의 절규
나뭇잎에 스치는 바람 소리
태양이 지나가는 일상이
처음인 것처럼 생생하다

인내의 연속에서 벗어나
오로지 나에게로 물든 시간
원치 않는 선택은 허락되지 않는
나만의 여유에 흠뻑 취한다

싫증 날 만큼 살아서일까
완벽한 인생을 원하는 것도 아닌데
매번 애타게 다가와 옆에 서 있는
쉼이 어색하지만
싫지만은 않은 느낌이다

그냥 떠날까

낙화

싫다 하며 가란 이도
빨리 오라 부른 이도 없을 텐데

너에게도 한 번뿐인 일생
무얼 따라 그리 급히 떠났을까

이름 없고 뜻도 없는 잡초라도
영혼은 있을진대

창백하게 떨어진 너의 속살에는
서글픔만 가득하다

해후의 기쁨보다
헤어짐이 더 아픈 이유는
너를 가슴에 둔 내 탓이 크다지만

네가 두고 간 자리
연잎의 푸르름은 점점 짙어지는데
무얼 기리는지 눈시울이 울렁인다.

욕망

이 싸움은 언제부터 시작됐을까
빈손으로 태어난 원죄 때문일까
내 것과 네 것이 가리어질 때부터였을까
빈손으로 죽을 수 있어도
나만 아니면 된다는 그때부터였을까

이 싸움은 왜 시작되었을까
필요하지 않은 욕심은 없다
원하는 것은 품에 둬야 풀릴 것이다
얼마큼을 더 가져야 끝이 나는 걸까
왜라는 질문 따위는 중요하지 않다

이 싸움은 누구와의 싸움인가
상대가 누구인지 알 필요도 없다
이 싸움의 적은 하나가 아니기 때문이다
이곳저곳 내가 사는 곳이 바로 싸움터이고
그곳에 전우도 있고 적도 있다

싸움을 멈출 수 있는 정의를 기다리지만
정의는 공정과 함께 전사한 지 오래다
이제 흔들리지 않는 정의란 없다
배고픈 공감과 슬픈 배려만이 남아 있다

이 싸움의 끝은 어디란 말인가
시작을 알 수 없어 그 끝도 알지 못한다
끝없는 욕망의 끈을 놓지 못하면
싸움의 끝은 볼 수 없을 것이다

봄

봄이 어디쯤 왔는지
재촉하지 마라
기다리는 마음보다
더디 오는 그 마음이 더 애달프다

어떤 꽃이 먼저 필지
내기도 하지 마라
누가 먼저 핀들
그 떨림을
어찌 감당하려고

봄이 오는 소릴
못 들었다 하지 마라
새싹이 기지개를 켜면
온 동네가 시끄럽다

벌써 내 마음이
이렇게 설레는데

왜

넌 왜 날 좋아하는 거니
꽃향기를 맡듯 너를 안고
사랑한단 말에 두 눈 마주치며
나보다 더 너를 생각했던
그 순간들 모두 지났는데
넌 왜 날 떠나지 않는 거니

보고 싶단 말에 눈물 흘리고
그립단 말에 달려오던 그날도
사소한 내 표정과 몸짓 하나에도
의미를 부여해 주던 모습마저
잊힌 듯 희미한데
왜 아직도 내 곁에 머물러 있는 거니

사랑이란 이름으로 널 가졌어도
넌 내 사람이라는 굳은 믿음도
오래된 기억 속에 습관으로 맴도는데
넌 왜 이렇게 남아 있는 거니

마음이 같으면 괜찮을 거라는 그 말
시간 지나면 함께 할 수 있을 거라는 그 말이
널 힘들게 할 줄은 정말 몰랐다

들꽃

가슴에 두었는데
들에 핀들 어떠하리
떨어질 때 아프지 않은
꽃이 없을진대
들녘에 피었어도
네 이름은 가슴 아파 핀 꽃이다

눈에 담았는데
홀로 남은 들 어떠하리
외롭지 않은 들꽃은 없겠지만
계절이 바뀌면
헤어지지 않을 꽃도 없다

마주 함께하는데
바람에 흔들린들 어떠하리
네가 내 곁에 있는 것만으로
이렇게 애틋한데
어찌 그 세월을 기다릴까
바람 부는 언덕에 올라
돌아올 널 기다린다

빈 가슴 보듬어 줄

오늘은 어땠나요
힘들진 않았나요
숨겨 놓은 그리움이 들킬까 봐
수줍게 머뭇거린 마음으로
하루를 시작합니다

말하진 않았지만
얼굴 가득 번진 미소가
입가에 머물며 흘러나와
눈으로 들어와
아름다운 기억이 되었답니다

하얗게 피어나는 물안개처럼
은은한 향기를 머금고
언제나 지나치지 않을 정도로
사랑을 말해 줘서 고맙습니다

살아가면서 빈 가슴을 보듬어 줄
한 사람이 있다는 것이
넉넉하지 못한 이 세상을
행복하게 살아갈 수 있는
충분한 이유가 되는 것 같아요

뒤돌아서면 아름다운 여운이 남아
세월이 흘러 모습이 변한다 해도
영원한 마음으로 곁에 있어 주길
기도해도 될까요

바보

텅 빈 외로움을
이겨내려
꽃이 되었나 보다
아직도 네 곁을
서성이다 돌아온다

지우려 해도
잊히지 않아
향기가 되었나 보다
아직도 네 곁을
맴도는 나를 본다

네가 머문 자리에
남은 그리움
어떻게 버릴 수 있을까
아직도 난
널 좋아하는
바보인 게 분명하다

비가 내린다

고요 속에
침묵을 강요하듯
비가 내린다

사연을 결코
말해줄 수 없다는 듯
묵비권을 행사하며
비가 내린다

다 받고도
고맙다는 내색도 하지 못하게
"그냥"이라는 말과 함께
비가 내린다

시간 지나면
또 사라지겠지만
이 순간 나에게
모든 걸 다 걸듯이
비가 내린다

장대비

추적추적 장대비가
며칠째 내리고도 모자라서
밤을 새워서 삼킬 듯이
하늘을 덮는다

그 많은 빗물을 묵묵히
받아 내는 것을 보는 것만도
이리 힘이 드는데

결국은 흘러가다
차고 넘쳐
누구의 가슴에
붉은 상처를 만들어 버린다

그 원망을
어찌 다 감당하려 하는지

너도 채운 것을 다 쏟아
비울 수밖에 없다는 걸 알지만

너를 기다리며 애타던 가슴
내 맘은 어쩌라고
이제 정말 그만했으면 한다

작은 바람

떠나가실 때
전부 다 가져가시지
떨어지는 꽃잎에도
눈물 흘립니다

홀로인 게 외로워
사랑한 건 아닌데
혼자 있을 때마다
당신 생각에 잠겨 듭니다

가슴에 멍이
다 지워진 줄 알았는데
내리는 빗물에 닿을 때마다
선명하게 비칩니다

슬픈 추억 잊으려고
애써 환한 웃음 지어 보지만
작은 바람에도 흔들리다
숨어듭니다

모두 꿈일 거라
머리를 저어 보지만
잠은 오지 않고
그리움만 더해집니다

지나간다

풀잎 끝에 걸린 이슬이 애틋해서
눈에 넣어 두었더니
슬픈 눈물이 되었구나

들꽃에 스치는 바람 소리가 좋아
마음에 담았더니
그리움을 두고 떠나가네

흘러가는 구름 끝이 아련해서
두 손으로 잡았더니
아픈 추억을 떨궜나 보다

까만 별 하나가 애처로워
곁에 두었더니
외로움이 더욱 진해졌네

보고 싶어 눈 감으니
네가 두고 간 사랑한단 말이
심장을 태우고 지나간다

내 삶에

내 삶의 인연은
흐르는 강물 속에
흔들리는 종이배처럼
자고 나면 기억되지 않는
꿈이 되리라

내 삶의 흔적은
화려하지 않아 찾을 수 없고
많지 않아 볼 수 없는
외딴섬에 홀로 남은
저녁노을이 되리라

내 삶의 소원은
향기 없는 들꽃이 되어
누구의 손에도 닿지 않고
지나는 바람에만 흔들리는
그리움 되리라

내 삶의 끝은
어디에서와, 어디로 가는지
머물 곳도 알 수 없지만
해가 뜨고 지면 나타나는
별이 되어 추억되리라

풍경소리

인적 끊긴 골짜기
들꽃에 스친 바람이었을까
이끼 낀 냇가 종달새
날갯짓에 퍼진 물보라였을까
고즈넉한 산사 시름 놓은
스님 미소처럼 그 소리가 청명하다

이유 없는 슬픔 없고
사연 없는 울음 없을진데
귀에 들어 가슴에 머문 그 울림은
본 적 없어 표현할 수 없네

물 한 잔에 목 축이며
외로움을 덜어내고
추억을 깊이 새기고자 들린 산사

짙은 恨을 품었는지 묵직하면서 부드럽고
고고함을 새겼는지 아련한 듯 청아하다
바람이 무게에 흔들릴 때마다
눌린 영혼이 새털처럼 일어났다 앉는다

처마 끝에 앉은 풍경소리는
세상 시름 삭혀 바람에 실려 보내고
그 울림 가슴에 품은 난
마지막 저녁노을에 물들고 있다

내 안의 너에게

세월에 끌려
지칠 때쯤 알게 됐다
내 삶에 동반자가 내 안의 나였다는 걸

싫어할 순 있어도
한 번도 버리지 않았고
아무리 좋아도
결코 선을 넘지 않았던 너

외로운 들판에 홀로 서 있어도
흔들리지 말라며 다독여 주고
너의 기쁨이 곧 나의 행복이라며
최선을 다한 나에게 웃어 주라던 너

다시 태어나도 버리지 않을
희망 하나쯤은 가슴에 넣고 살라며
마지막에 웃을 수 있다면
내 삶도 정대 나쁘지 않을 거라던 너

너는 내가 될 수밖에 없고
나는 너에게서 벗어날 수 없어
나의 전부가 너였다는 걸 알게 된 후
널 사랑하지 않을 수 없다

시간 앞에서

오늘이 마지막인 것처럼
마치 내일은 오지 않을 것처럼

너를 지킬 수 없었던 이유는
네가 아닌 나였던 변명처럼

필요할 때는 영혼이라도
팔 것처럼 비굴함으로

혼자만이 간직한 비밀은
결코 비밀이 될 수 없는 것처럼

화려함에 가려진 진실은
헛되이 버려질 수 있는 것처럼

하루하루를 살아가는 희망을
숨죽여 빌면서 살지 않기를

스스로를 절대 속이지 않는
시간처럼 살기를 바라본다

좋다

가슴 품은 인연
기댈 수 있어 좋다

시간 흘렀어도
변하지 않아 좋다

아픈 상처
보듬어 주니 좋다

너밖에 없다고
말해 주니 정말 좋다

초록비

멍한 눈
마른 입술
들리지 않는 적막감
하루의 시작은 또 너다

외면해도
지워지지 않는 향수처럼
아픔도 모르는 채
가슴에 묻혀 있는 널 본다

눈을 가려 하늘 볼까
입을 막고 숨을 쉴까
길이 막혀도
네게로 달려가리라

기억의 고리가 흐려지고
오지 않은 날은 두렵지만
멈출 수 없는 시간 앞에서
그리움은 널 향한다

가슴에 핀 꽃

다시 태어난다면
흰 꽃으로
태어나리라

어느 날 운명처럼 만난 사람에게
소중한 마음 대신 전해 주고
아무런 조건 없이
그저 사랑으로만 대하리라

백색의 순수함이 되어
타고 남은 재가 될지언정
시들지 않는 영혼이 되어
아픈 상처를 감싸주리라

아무도 찾지 않는
향기 없는 꽃이 될지라도
소중한 인연을 위하여
뜨거운 사랑에 웃을 것이고
항상 기억해 낼 수 있도록
진실한 사랑이라는
꽃말을 남기리라

사랑할 때
이별을 예견하지 않듯이
너의 가슴속에
꽃이 되어 곁에 남으리라

내일

그리움보다 슬픈 것은
대답 없는 기다림이다
웃었던 기억들만 가득한데
쓸쓸한 예감만이 지나간다

시간이 지나면 괜찮을 거야
별일 없다고 말할 거야
보고 싶은 마음에 깊어지는 애달픔도
아무것도 할 수 없이 그냥 남아 있다

해 질 무렵 바람이 흩어지면
어제의 흔적들을 추억하며
오늘의 시간을 외면하겠지
아직 남아 있는 내일이 있다면서

아닌 척

그저 그런 사랑이 아니라고
붉게 물든 눈물 흘릴까 봐
못 본 척

거짓 없는 미소가 고와
그리운 마음 들킬까 봐
모른 척

내게 박힌 사랑이 슬퍼
참던 가슴 터질까 봐
웃는 척

헤어지고 나면 울고 있는
네 모습 보기 싫어
아픈 척

함께한 시간이
잊힌 추억으로 남을까 봐
화난 척

사랑한다고 말하면
나를 떠날까 봐
아픈 마음 숨기고
아닌 척

아버지

애쓰지 않아도
흘러내린 주름이
이방인처럼 생소하다

무얼 그리
곱씹어 삼켰을까
이빨 언저리엔
상흔이 역력하고

얼마나 오래
매달려 버텼을까
굳어진 뼈마디가
펴지지 않고 시려 온다

세월에 딸려 온 짐을
내려놓으면
언젠가 웃을 수 있을런가

아직 오지 않은 시간

항상 누구보다 힘든 건
나였던 것 같아
숨을 쉬는데
빚을 지는 것도 아닌데
가슴 한쪽엔
그림자가 숨어 있다

진심이 아닌 적도 없는데
살아가는 게
이렇게 힘든 건가요
거짓을 좀 섞어야만
웃음이 보이려나

더 이상 슬픔은 없는 줄만 알았는데
원하지 않는 순간에
조금 남겨 두었던 작은 꿈에
상처가 깊네요

아직 오지 않은 시간에게
행복을 맡기는 것이
나의 운명은 아닐 텐데

한 사람

너와 함께 떠난다면
어딘들 상관없겠지만
따뜻한 봄 길이라면 더 좋겠다

맞잡은 두 손
아무 말 없이
걷는다 해도
끝없이 갈 수 있으리라

길을 걷다
어둠이 찾아오고
별이 뜨면
너의 귀에
속삭이리라

사랑이란
한 사람의 마음속에
누군가가 들어가 있음을
확인하는 순간이라고

숙명

혼자 남으리라는 걸 알지만
외면하지 않겠습니다

너무 아파 아프다는
말조차 할 수 없다 해도
슬퍼하지 않겠습니다

첫눈이 와도
만날 수 있다는 기약이 없다고 해도
잊지 않겠습니다

내버려져 이리저리 쓰러져도
사랑했다는 말
후회하지 않겠습니다

보이지 않는다고
볼 수 없다고 해도
사랑이 사라지지 않는다는 걸 알기에

결국
혼자 돌아가야 한다는 걸 알지만
숙명이라 생각하겠습니다

고백

가슴에
하나 가득 찬 그리움으로
당신을 불러 봅니다

내가 당신을 사랑하는 이유는
당신이 나를 사랑하기 때문이 아니며
내 사랑이 당신에게 머무는 것은
당신이 나를 떠나지 못하게 하기 때문도 아닙니다

당신을 사랑할 수밖에 없음은
이미 오래전부터 정해진 것처럼
거부하거나 부정할 수 없는 것이며
당신과 함께 있음이
나를 이 세상에서 가장 소중한 사람으로
살게 하기 때문입니다

난 오늘도
내 어깨와 체온을 내어드리고
당신과 하나 되고 싶습니다

난 이 순간
울컥거리며 당신을 보고 싶습니다

기원

삶은 이겨내야만 하는 건가요
고통의 쓴잔을 마시고
역경을 참아 내야만
승리자로서 찬사를 받을 수 있는 건가요

나와 다름을 인정하고
각자의 삶을 응원하고
서로의 행복을 기원할 순 없는 건가요

인생이란 힘들기만 하고
즐거움이란 없는 건가요
선의를 부정하고 도전을 긍정해야
가치 있는 삶이 되는 건가요

존재하는 것만으로 존귀하고
자신의 방식대로 살아가고
함께 얼굴을 맞대고 웃을 수 있는 삶을
희망하면 안 되는 건가요

우리는
이겨내는 삶보다
그저 살아내는 삶을
선택할 수 있어야 한다

비가 오는 날엔

비가 있는 하루는 행복하다
네가 오는 소리는
심장의 두근거림과 같아
메마른 가슴에
소중한 생명이 된다

네게 닿으면
입맞춤이라도 한 듯
전율에 빠져 한참을 멍하니
서 있을 수밖에 없고

가슴을 두드리는 빗방울은
깊은 그리움이 되어
어느새 창을 열고
네가 있는 곳을 바라본다

너의 기억을 따라
흘러내리는 빗물은
깊은 설렘이 되어
꽃잎에 맺혔다가
내 눈에 담겨 남는다

비 오는 날엔
창 넓은 찻집에 앉아
너의 온기를 느끼고 싶다

아무것도 아닌 것처럼

난 아무것도 아니고 싶었다
해가 뜨면 눈을 뜨고
밤이 되면 잠을 자야 하는 것처럼
그 이상도 이하도 아니고 싶었다

힘들다고 아니 살 수 없고
아프다고 죽는 것이 아닌 것처럼
어떤 의미도 부여하고 싶지 않았다

세상이 야속하게 하고
사람이 외면해도
왼쪽 가슴에 숨겨 놓은
비수를 살짝 꺼내 도려 내면 그뿐
공허함까지 베어낼 수 없음만이
아쉬울 뿐이다

죽음까지 의연하게 마주해야
살아 있는 삶이 의연해질 수 있을 거라 했다
막아내려 해도 막을 수 없는 것이라면
그것도 나쁘지는 않다고 생각했다

하늘의 비가 순수함의 때를
씻겨 내릴 수 있는 것이 아니며
예쁜 꽃을 보아도 마음속에
이중성이 없지 않은 것처럼

그저 아무것도 아닌 것처럼 살아도
아무것도 아닐 수는 없을 것이다

지금은

쓰다 달다
혼자 몰래 먹을 수도
원한다고 더 먹을 수도 없이
똑같이 먹을 수밖에 없는 나이 앞에
슬픈 걱정 잡아 봐야 뭣 하겠소
이미 지난 과거
쓸쓸하게 남은 시간의 그림자에선
숨을 쉴 수 없다는 걸 알기에
멈출 수도, 돌아갈 수도 없다네

지치고 힘든 세상
더 가지고 싶은 욕심으로 아픈
소중함을 바보로 만들어 버리는
썩어 빠질 누구와의 비교질에
아까운 시간을 버리고 싶지 않다네

알아봐 달라 구걸하지 않고
나의 존재가 나를 의미 있게 만들어
세상은 내가 있어서 아름다운
나의 진가는 나를 인정하는
나로 인해 생긴다는 것을 알았다네

시름하는 삶에 묵은 가슴 때를 씻어줄
나를 필요로 하는 친구 하나면
인생을 막살았단 말은 듣지 않으리라

시간은 항상 내 마음과 닮지 않아
노력할 때만 내 편이 되고
그리 많은 시간을 버렸어도
아직 남아 있다는 게 신기하지만
식지 않은 열정으로 시간을
이겨내야 행복일 수 있다

꿈은 현실과 같지 않고
희망은 미래에 있지 않다
잘 살아온 나를 칭찬하고
우리 앞에 서있는
지금을 사랑한다고 해야 한다

마지막이 끝이 아님을

아니다
아니라고 말하면
조금 더 나아질까 봐
고개까지 힘껏 저어 봤지만
결국 아닌 적은 없었다

간절할수록 아파질까 봐
절실할수록 숨이 가빠 올까 봐
끝없는 고통이 멈추지 않을까 봐
이번이 마지막이라고 외쳐 봤지만
아픔은 가시지 않았다

가보지 않은 곳을 안다고 할 수 없고
듣지 않은 것을 말할 수 없는데
어떻게 마음에 없는데
사랑한다고 할 수 있을까

아니라고 끝이라고
사랑할 수 없다고 했어도
다시 너를 기다리는 내가 싫다

느낌

나뭇잎이 흔들리고서야
바람이 지나간 걸 알 수 있었다

눈길을 마주치고서야
가까이 있음을 알 수 있었다

즐겨 듣는 음악을 함께 하면서야
같은 느낌이라는 걸 알 수 있었다

찻잔 속에 향기가 풍기면서야
마음을 전할 수 있다고 느낄 수 있었다

가슴을 마주 대하고서야
같은 체온이라는 걸 알 수 있었다

추억을 이야기하고서야
마음을 따뜻하게 해 주고 싶었다

나의 하루가 온통
너에게 있음을 알고서야
사랑이라는 걸 알 수 있었다

인연의 끈

아픈 기억의 잎새마다
조롱조롱 달려 물든 이슬방울처럼
참은 슬픔을 안아 주는
고마운 사람

비가 지난 자리
듣고 보지 못해
덜어내지 못한 아픔으로
이름 모를 풀꽃에 기대 우는 나를
감싸 주는 사람

빛과 바람조차 의미 없는
아무도 살지 않는 바닷가에
마지막 노을처럼 서있는
쓸쓸한 사람

지독한 외로움에 침묵하고
서글픈 인연의 끈을 견뎌내며
기다릴 수밖에 없는 운명을
선택한 사람

정처 없이 떠나
끝없이 가는 길에
너의 의미는 내가 된다

선물

너보다
날 위해
웃음 짓는 너

선물 같은
행복으로
다가오는 순간

내 편이 돼 준
유일한 사람

설레는 맘으로
살게 해 줘서
고맙다

하루

지난 하루는 어땠을까
무얼 찾아온 것도 아니어서
붙잡을 것 하나 없이
끝없는 길 위에서
걸어온 흔적을 쳐다본다

버리고 싶지 않아 가진 것도 없다
잠시 들린 곳에 짧은 기억에게
어떤 의미도 부여하지 않았다

웃음도 잃었고 눈물도 끊인 지 오래다
먹먹하게 들려오는 노랫말에
닿지도 않는 하늘에 눈을 흘겨본다

가보지 않은 곳에서
잃어버린 것을 찾을 수 있지 않을까
떠날 생각도 잠시, 돌아올 길이 막막하다
아니 잃어버린 것이 무엇인지 몰라
헤맬지 무섭다

빈손 쥐고 태어나서
손 펴면 아무것도 없이 가야 할 텐데
굳이 잃어버린 적도 없는 것을 찾아 무엇하고
찾아본들 어디에 담아 둘까

나의 하루는
바람이 부는 것과 같고
해가 뜨고 지는 것과 같다

그날 오후

아픈 마음
바람에 실려 보내려
나무에 걸어 놓았더니
바람만 지나가 버렸나 보다

빗물에 씻길 줄 알고
슬픔을 구름 끝에 놓았더니
젖은 옷깃에 눈물만 남기고 갔나 보다

보고픔 감추려고 음악을 틀었더니
가사 속 주인공이
모두 너와 나인 것 같아
애잔함만 더 해지고 말았나 보다

너의 생각 멈추려고
거리로 나섰지만
여기저기 온통 네 모습뿐
아무것도 보이지 않았다

선택

어디로 갈까
어색한 침묵으로
멈춰 선 발걸음
바람 부는 곳을 찾아
머리를 향한다

어디에서 왔을까
수없던 물음은
왜 사는지 보다
어떻게 살아야 할지가 힘들어
시간 지났을 뿐
대답 없이 그냥 산다

처음이 있었던 것처럼
끝은 있을 거야
우연이 필연이 되는 순간
아무것도 아니었던 것들이
의미로 받아들여 할
선택이 내게도 오겠지

편지

나보다 더 슬픈 가슴을 안고도
웃어 주니 고맙다

기다리란 한마디에
수많은 세월이 지났어도
언제까지냐는 물음도 없다

다 줄 것처럼 마음을 훔쳤는데
가진 게 없어 줄 수 없다는 걸 알면서도
왜 그랬냐는 탓도 없다

힘든 세상 지치고 외로웠을 텐데
아프다는 말도 없이
그 웃음 그대로다

바람 부는 곳에
까맣게 탄 가슴을 두고 왔을까
거기 있는 당신에게
편지를 써 본다

"미안하다, 사랑한다"

멈춘 시간

보고픔 보다
잔인한 것은 없다
한 모금 담아 목에 넣을 수 없고
가슴에 두고 삭힐수록 진해진다

그리움보다
처절한 것은 없다
떨쳐버려도 달라붙고
외면해도 눈물처럼 흐른다

시간보다
야속한 것은 없다
보고플 땐 더디 가고
그리울 땐 아예 멈춰 선다
내 맘도 몰라 주고

불멍

온전히 너와 나
둘만의 시간이었다

너로 인해 나의 시간은
멈춰버렸고
너에게로의 길 밖에
아무것도 볼 수 없었다

너에게 더 다가갈 순
없었지만
넌 지워지지 않을 따스한
추억 속에 나를 두었다

밤하늘에 별이 없어도
너만으로 행복했으며
내가 가진 추억을 불러내어
슬픔을 떼어낼 수 있었다

널 바라볼수록
넌 내 마음 깊은 곳에 들어와
지워내지 못한 상처를 닦아 주었지

언제까지나
너와 함께할 순 없겠지만
날 위해 널 태워버린
그 밤을 잊지 않을 거야

양귀비꽃

너무나도 예쁘다길래
샛눈으로 못 본 척
한눈에 마음을 빼앗겼다길래
곁눈으로 안 본 척

너에게 고백하지 않은
사람이 없다는 걸 알기에
"사랑해도 될까요" 말 한번 못 해보고
안 그런 척 태연한 척
겁쟁이 사랑꾼이 되어 버렸다

사랑을 말하는 사람은 많아도
사랑을 믿는 사람이
한 사람밖에 없다면
넌 날 기억할 수 있겠니

하늘이 맺어 준 인연이 아니어도
너와의 아름다운 운명을 바라며
천년의 전설 속에 있는 널 그린다

다 그래

너 맞아
그런 사람일 뿐이야
흔들리고 넘어지고
부서지고 남은 게 없어지더라도
아무도 알 수 없는 그런 사람일 뿐이야

누가 널 알겠어
알아주리란 생각은 하지도 마
넌 그냥 있다가 가는 거야
누구도 널 기억하지 않아

그러니 애쓰지 말아
그게 뭐 대수라고
남들도 자기들 일 때문에 누굴 걱정하지도 못해

산다는 건 다 그런 거야
그런 걸 잊을 때쯤
조금 살았다고 할 수 있는 거야

아니면 말고

그렇다 하지 않아도
네 인생도 하루를 살기에도
힘들잖아

목적 없이 사는 사람은 없어
목적을 이루기 힘들 뿐이지

정답이 없다는 이야기를 많이 하지
정답을 찾기 힘드니까
하지만 정답 없이
살아가는 사람은 많아
중요하지 않으니까

그저 그렇게 살 수도 있는 거야
살다 보면 익숙해지는 거야
물음표는 어디에나 있는 거야
누구에게 인정받기 위해
사는 건 아니잖아

살아 있다는 건 특권이야
살면서 떠들잖아
맞는지 안 맞는지는 중요하지 않아
일단 떠들어 놓고 우기는 거지

누가 알겠어 제 인생
나도 내 인생을 모르는데
그냥 그러면 그런 거야

같이 산다는 건
권력도 인정하고
얽어 놓은 틀에 갇힌다는 걸 알잖니

오래 살수록
더 옥이 죄어져 와
풀 수 없이
떠들기만 하다가 갈 수 있다는 것을

그래 그렇게 사는 거야
그렇게 살았던 거지
그게 뭐 그리 대수라고

그러면서 이렇게
살아왔다는 게 뭐
너도 그렇지 않으니 쯧쯧

내가 널 보듯이
너도 날 보는 거야
뭐라 말하지 않아도 알 수 있는 거야

그저 떠도는 배 한 척에
이름을 붙인 것일 뿐이야

이름조차 잊혀 버린
사람들도 많은데

이름 모를 꽃에게

아무도 찾지 않는 곳에
이름 모를 꽃으로 피어났지만
그곳은 너로 인해 아름다웠다

알지 못해 부르지 못했을 뿐
바람 따라가는 걸음마다
너는 없었던 적이 없는 꽃이었다

너의 영혼은 드러나진 않았지만
네가 가진 짧은 미소가
계절을 바꾸었으며
나의 외로움을
익숙하게 만들어 주었다

너의 이름을 부르지 못함은
살아가는 의미를 찾지 못했기 때문이며

너를 사랑할 수밖에 없음은
네가 나의 고독을 닮았기 때문이다

그저 웃지요

내 사는 걸 물어봐 줄 이 없겠지만
왜 사냐고 물으면
그저 웃지요

사는 이유를 군이 대답할 필요도
설명할 수도 없으니
그저 웃지요

나 자신에게 궁금해 물어도
딱히 할 말이 없어
그저 웃지요

답을 안다 해도
삶을 채우기엔 내가 너무 부족해서
그저 웃지요

그래도 가끔
도돌이표처럼 되물을 수밖에 없는 인생이라
그저 웃지요

혹시
내가 누구의 삶에
위로가 될 수 있다면
그땐
정말 웃지요

친구

항상 그 자리 그 모습
그 기억으로
남아 줘서 고맙다

즐거웠던 추억은
아련한 기억으로 지났지만
약속 하나 없어도 불쑥 나타나
웃어주는 네가 있어 좋다

너의 기억은 나와 닮아
보고 싶단 말 한마디에
그리 멀리서도 싫단 표정 없이
변하지 않은 모습으로
내게 와주니 너무 좋다

어떻게 살아왔는지
무슨 꿈을 꾸었는지
그때 그 행복했었던 순간을
나조차 기억 못 하는 내 과거를
알고 있는 네가 있어 좋다

우리 남아 있는 시간
그림처럼 떠오르는 그날들을
다시 만날 수 있었으면
좋겠다. 그렇지

하얀 목련

고이 간직했던 순결한 마음을
망설임도 없이 단 한 번에 터트려버리고
잃어버린 사랑을 찾아 또 왔구나

너는 본시 천상의 선인으로
금기시한 사랑을 한 죄로
순백의 영혼으로 변하여
잠시 이 땅에 머무는 것을

너를 한 번 본 사람은 있어도
너를 잊은 사람은 한 사람도 없듯이
온 가슴에 멍울로 스며들어

너 없이 일 년을 그리움에 살아도
하얀 목련이 피는 순간
변하지 않는 순백의 사랑을 확인하고
다시 하늘로 떠나는
너를 잊을 수 없어, 또 운다

그쯤

그리움이란
덜어낼 수 없는 것인가 보다
짐처럼 무겁게
어깨에 버티다가도
어느새 가슴에 닿아
아려 온다
한참을 그랬으면
익숙할 만도 할 텐데
바람 불면 흔들리다가
비처럼 다가온다
원래부터
나의 일부였던 것처럼
어디로 갈 줄도 모르고
지치지도 않고
바보처럼
나와 똑같이
왜 그러는 거야
너도 힘들 텐데

술

그렇다면 그런 거야
원래부터 아닌 건 없어
변할 수도 있고
다를 수도 있어
한 번도 아닌 적은 없었잖아
맨날 같을 수는 없지만
아니라도 괜찮아
뭐 사는 게 다 그렇지
할 수 있는 것도
다 못하고 사는데
굳이 안 한다고 누굴
다그칠 수는 없는 거야
그저 그렇게 있다가
있는 듯 없는 듯
살아도 아무도 모를 거야
그저 그런 인생이
뭐 어때서
누구도 알 수 없는 거야
울다가 웃어도
누가 뭐라 할까
정말 좋아하는
그 한 사람만 같이 있음
그걸로 좋다

너도 그렇지

꽃망울

못 본 척했지만
알 수 있었다
네가 얼마나
내게 가까이 와 있는지를

아닌 척했지만
느낄 수 있었다
너를 보고 싶어 하는 마음이
참을 수 없도록 커져 있다는 것을

모르는 척했지만
숨길 수 없었다
너의 눈망울 속에
사랑이 가득 차 있다는 것을

어쩔 수 없었다
내 마음 들켜 버리고 나면
너는 금방 꽃망울을 터트리고
나를 떠나 버릴까 봐

하지만
감추고 숨겨두기엔
그리움의 끝이
우리만의 것이 아님을 알기에
그렇게 서로
다시 사랑할 수밖에 없다는 것을

열정

허공에 멈추었던
초점 없는 시선
이길 수도 없는
시간과의 싸움에서
우두커니
혼자 있을 그 사람

간절하게 원하지만
가지고 갈 것도
두고 갈 것도 없어
아무것도
내 것이라고
주장 한번 못할 그 사람

밤하늘을
가득 채운 흰 눈을
가슴에 담아 놓을 수는 있어도
녹아 사라지는 눈물은
차마 볼 수 없어
봄을 기다리는 그 사람

자존심

한 번도 스치는 바람을
거슬러 본 적 없습니다

사는 것 자체가
목적인 것처럼 살았습니다

싫어해도
싫어한다고 말해 본 적 없습니다

욕심으로 인해 아무도
힘들어하는 걸 원한 적 없습니다

말하기 전에
들어 봐야겠다고 생각했습니다

생긴 것이 다른 만큼
사람 모두 다를 수 있다고 생각했습니다

사람들 속보다
혼자 걸었던 길이 편했습니다

마음 편하게
이야기할 한 사람이 있으면 좋겠습니다

마지막에 웃자라고
마음에 새겨 놓고 웃곤 합니다

나만 힘든 걸까

인생 나만 힘든 걸까
괜찮다고 했었는데
편하게 생각하라 그랬는데
그저 지나갈 거라고 믿었는데

나만 그런가
다들 아무렇지 않게 잊혀 가는데
쉬운 건 하나도 없다

해도 해도 남겨 있는
그리움이란
나에게만 더욱 무거운 건지
걸어도 걸어도 끝이 없다

한번 살아 봤던 인생이라면
좀 더 쉬웠을까
지난 시간 중에 웃음을 주는 게
숨어 있어서 다행이다.

얼만큼 살아야
아무것 아닌 것처럼 받아들일 수 있을까
이렇게 힘든 줄 알면서도
진실이 있다는 게 신기하다

누가 뭐라 하면
아니라고 꼬집는다
지나가면 별것도 아닌 것을
되새기고 집어 본다

누구에게도 한 번뿐인
인생이라서 그런 걸까
알 수 없는 게 너무 많다

변명

어디에 서 있더라도
유독 차가웠던 칼바람을
말랑한 가슴으로
막아내기란 쉬운 일이 아니었다

행복이란 단어는
늘 뒤에 있거나 주변을 맴돌 뿐
볼 수도 느낄 수 없는 그림자와 같았다

만족이란 글자는
배부른 사람이 먹다 지쳐
남겨 버린 쓰레기일 뿐이었다

가도 가도 끝없는 길을
떠나온 길손처럼
오늘이 어제와 무엇이 다른지
알지 못하고 살아왔을 뿐이다

지난가을이 익숙해졌을 때쯤
겨울이 왔던 것처럼
사는 것에 익숙해질 때쯤
또 어디로 떠나갈 뿐일 것이다

시그널

곁에 있어도 될까요
혼자 하는 아픔은
상처보다 더 슬프잖아요

지켜만 보고 있을게요
힘들어 누군가가 필요할 때
그 누군가가 내가 되면 안 될까요

일어서는 것도
상처가 낫기를 기다리는 것은
당신의 몫이겠지만
당신에게서
슬픔을 걷어내는 건
내 몫이기 때문입니다

당신이
감내하는 무게만큼
당신을 향한 이해와 공감이
위로의 시그널이 되길 바랍니다

남겨진 시간

흐르는 침묵이 자연스러운
아무것도 하지 않아도
그것으로 족한
그런 시간에 있고 싶다

살아온 날보다
더 길지 않은 날들
그 어떤 것에도
의미를 부여하지 않는
느껴지는 대로
그런 시간이 되고 싶다

홀로 남은 시간
꾸미지 않아도
나만으로도 괜찮은
내가 선택했기에, 충분한
나로서 웃을 수 있는
그런 모습으로 남고 싶다

비밀

누군가의 한마디 말로
한 사람을 변화시킬 수 있다는 걸
믿지 않는다

가면에 가려진 슬픔이라도
감당할 수 없는 무게로 짓눌린다면
아픔을 벗어날 수는 없을 것이다

욕망을 선택한다고
불행하기만 한 것이 아니듯
행복만을 바란다고
불행을 막을 수는 없는 것이다

막을 수도, 피할 수도 없는
시간의 흐름 속에
더 이상 잃을 것 없다 해도
항상 웃을 수 있는 것이
아니란 걸 알고 있다

중독

작은 미소로
다가와
사랑한단 말을
해 준 사람

막연한
그리움 속에
행복을 알게 한 사람

내 마음을
하늘로 날게 만든
요술을 같은 사람

님의 안부가
궁금해
하루 종일
기다립니다

인연

한번
맺은 사이
시간 지날수록
두터워지고

서로의
숨소리가
향기 되어
마음의
열쇠가 된다

보지 않아도
느낄 수 있고
듣지 않아도
알 수가 있어

잎새와
이슬처럼
영혼을 교환하며
애틋한 인연
짙어지네

착각

시간 지나면 잊히겠지
한숨에 실려 보낸
시름처럼 떠나가겠지
뜬눈으로 새웠던
시린 밤이 지나고
세상 덮었던 흰 눈 녹듯
아침 오면 아무것도 아닐 수 있겠지
불현듯이 나타나 가슴을 후벼 팔 수 있겠지만
고통이 그치면 괜찮아지겠지
점점 흐려지는 상처 자국처럼
아픈 기억조차 사라지겠지
잊지 않고 살기엔
너무 아파서
살기 위해서라도 잊히겠지

그대로 그렇게

흐르면
흐르는 대로

핑계가 원인이 되고
외면이 결과가 되어

혼자만의 승리가
전설이 될지라도

원하는 것
다 하고 나면
흘러가다
어디선가 멈추겠지

마음에
걸쳐 둔 건
바람 부는 대로
두려 합니다

바람

떠나는 발끝에
머문 시선
잡아 두고 싶지만
나로 인한 부족함이
행복을 막을지 몰라
보내드리렵니다

같이 있길
바라고 또 원하지만
그것만으로
채울 수 없다는 걸 알기에
욕심내지 않으렵니다.

어떤 의미로도
다시 만날 수 있길 바라지만
어쩔 수 없다 해도
원망도 눈물도
흘리지 않으렵니다

끝 사람

누구의 외로움을
누구의 외로움으로
채울 수 있을까

언제부터
시작되었는지도 모를
외로움은 어디서 온 걸까

누굴 기다리는지
이유 없이 시린 가슴은
무엇 때문일까

아무리 비워도
채워지지 않는 간절함은
언제나 끝이 날까

사랑은

사랑도
사람의 일이라
뜻대로 되지 않을
때가 많네요

사랑 없이 살아갈 수
없다고 하지만
사랑하는 것만큼이나
고된 일도 없는 것 같아요

반복된 일상을
마주하면서
소중한 삶을 아름답게
꿈꾸는 것이
우리네 인생사일까요

이 세상에 그냥 피어 있는
꽃은 없듯이
그냥 살아가는 삶 또한
없을 텐데요

우린
어제와 같은
오늘을 살면서
오늘과 다른 내일을
살려고 애씁니다

사랑이 내 앞에
머물길 바라면서

잊지 않으려고 쓴 글

김명호 시집

2024년 4월 24일 초판 1쇄
2024년 4월 26일 발행
지 은 이 : 김명호
펴 낸 이 : 김락호
디자인 편집 : 이은희
기 획 : 시사랑음악사랑
연 락 처 : 1899-1341
홈페이지 주소 : www.poemmusic.net
E-Mail : poemarts@hanmail.net

정가 : 10,000원
ISBN : 979-11-6284-526-4